我从桌下向世界张望，
20世纪——如此非同寻常。
沧桑百年叫史学家兴致高昂，
却令人忍不住感到悲伤。

　　　　　　——尼古拉·格拉兹科夫

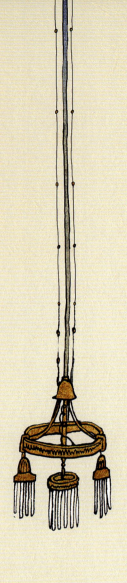

在我们搬家之前，家具已经被挪进了新房子。它们在这里度过了漫长的一生。直到20世纪末，有些家具依然在这儿。

追溯这些物件的一生，一些物件伴随了主人近百年，还有一些到后来不知所终。请思考一下，它们都经历了什么？

如果你在书中看到某件东西旁边有这个符号，
那么，就请你在那一页或前一页的图片里
找一找这件东西。

*中文版略做删改

История старой квартиры

老房子

［俄］亚历山德拉·利特维娜 著

［俄］阿尼娅·杰斯尼茨卡娅 绘

叶晓奕 译

上海三联书店

请允许我向大家介绍穆罗姆采夫家族。你们可以根据页码在书中找到我们每一个人。

伊利亚·斯捷潘诺维奇·穆罗姆采夫
1872—1942
（6, 8, 10, 16, 19, 21, 22, 25, 29, 47）

叶连娜·尼古拉耶夫娜·穆罗姆采娃
1874—1952
（6, 9, 10, 13, 15, 17, 19, 20, 25, 27, 47）

玛利亚·尼古拉耶夫娜·沃洛洪斯卡娅
1865—1918
（6, 8, 10）

弗朗索瓦·迪皮伊
1890—1976

伊琳娜·穆罗姆采娃
1896—1993
（6, 8, 10, 11, 15, 45, 47）

谢尔盖·沃洛申
1892—1923
（9, 10, 15）

尼古拉·穆罗姆采夫
1907—1942
（8, 10, 11, 13, 15, 19, 21, 22, 29, 47）

涅利·穆罗姆采娃
1910—1982
（21, 22, 25, 27, 30, 39）

马克·迪皮伊
1930—2008

谢尔盖·尼诺什维里
1921—2005
（27, 30, 35, 36, 39, 42, 45, 47, 50, 52）

塔玛拉·穆罗姆采娃
1929—2005
（21, 23, 25, 27, 28, 30, 32, 34, 39, 42, 45, 47, 48, 51, 52）

米哈伊尔·科特利亚尔
1922—1943
（29）

丽达·穆罗姆采娃
1926—1975
（21, 23, 25, 27, 28, 30, 39）

赖萨·季霍米洛娃
1930—2010
（49）

让·保罗·迪皮伊
1972年出生
（52）

大卫·尼诺什维里
1963年出生
（39, 40, 42, 45, 47, 52）

根卡·穆罗姆采夫
1953年出生
（34, 37, 39, 41, 42, 45, 49, 51, 52）

塔尼娅·穆罗姆采娃
1953年出生
（39, 41, 42, 45, 49, 51, 52）

奥莉加·尼诺什维里
1993年出生
（52）

特列佐尔
1898—1910
（1, 2, 6）

瓦西卡
1900—1904
（7）

飞箭
1960—1978
（34, 35, 39, 42）

阿布拉姆·瑞莫维奇·
施泰因
1880—1941
（29）

埃斯特·吉尔舍夫娜·
施泰因
1886—1941
（29）

尼基福罗夫娜
1861—1932
（6, 10, 13, 15, 17,
19, 47）

彼得罗夫娜
1875—1920
（7, 9）

玛露霞·穆罗姆采娃
1910—2009
（9, 10, 11, 13, 15, 16, 19, 20,
27, 28, 30, 33, 34, 39, 45,
47, 52）

纽马·施泰因
1906—1985
（20, 22, 30,
32, 34, 39）

斯捷潘·西蒙诺夫
1895—1945
（19, 29）

普拉斯科维亚·西蒙
诺娃
1897—1976
（16, 19, 26）

列娜·施泰因
1946—2011
（30, 33, 34, 37, 39,
52）

费佳·施泰因
1937年出生
（20, 27, 31, 33, 34, 36, 39, 40,
41, 42, 47, 52）

卡佳·施泰因
1945年出生
（47）

安东宁娜·西蒙诺娃
1918—1980
（17, 18, 19, 26）

佩佳·西蒙诺夫
1917—1941
（17, 18, 19, 29）

阿尼娅·穆罗姆采娃
1986年出生
（45, 49, 51, 52）

萨沙·穆罗姆采娃
1979年出生
（44, 47, 48, 51, 52）

米佳·穆罗姆采夫
1975年出生
（45, 46, 50, 52）

索尼娅·穆罗姆采娃
1974年出生
（50, 52）

叶尼娅·施泰因
1978年出生
（52）

穆雷奇
1990—2002
（49, 51）

穆尔济克
1950—1954
（31）

玛什卡
1930—1939
（21, 22）

特里什卡
1911—1915
（8, 10, 13, 15）

伊留沙·穆罗姆采夫
1996年出生
（52）

1902年10月12日　伊琳娜·穆罗姆采娃：

"小特列佐尔！特列——佐尔！到我这儿来！这个捣蛋鬼！"

我们的小卷毛狗从马车里一跃而出，它绕着陌生的院子奔跑、欢跳，还大声地叫。爸爸本可以揪着特列佐尔的颈圈把它抓住，但爸爸的腿上放了一大堆保姆收拾出来的东西，他根本就无法动弹。我们搬到了一栋崭新的大房子里。这儿的守院人我们还不认识。他看起来非常威严稳重，就像一名古代的修士。他蓄着浓密的胡子，佩戴着闪闪发光的号牌。守院人一点儿也不怕小特列佐尔。他轻而易举地就把保姆的箱子提上楼送到了我们屋里。

新房子里散发着涂料、胶水和蜡的味道，地板好像刚刚擦过。所有家具、筐子、箱子、包袱，还有妈妈的大钢琴、无花果树盆栽和我的洋娃娃，都已经从马车上卸下来了，它们被放到了各自的位置。我们的旧东西似乎焕然一新，甚至都变得有些奇怪和陌生。哈！现在我有了自己的儿童房，爸爸有了自己的书房。浴室里，一打开龙头就有热水。儿童房旁边的那个房间是给玛利亚·尼古拉耶夫娜姨妈住的。她是妈妈的姐姐，不久前才搬过来和我们一起生活。我有点怕她，因为她的眼神总是很严肃。和她在一起时，妈妈似乎都有点发怵。不过，姨妈今天完全变了个样儿。她温柔地微笑着，还轻轻地哼着小曲儿。也许，在这个崭新的地方，等待着我们的将是无穷无尽的幸福。

伊琳娜的洋娃娃的婴儿车

胶鞋

爸爸的书房

姨妈的房间

正门

客厅

玛利亚·尼古拉耶夫娜姨妈在整理东西。

爸爸伊利亚在摆放图书。

保姆尼基福罗夫娜在搬无花果树盆栽。

伊琳娜·穆罗姆采娃

特列佐尔

隔间

厨娘的房间

厨娘彼得罗夫娜

后门
（仆人、守院人、送奶工、
打蜡工、小贩、信差都从
这里走。）

清洁工杜尼亚莎
（她们把大箱子搬进
彼得罗夫娜的房间。
彼得罗夫娜是在这个
箱子上睡觉的。）

儿童房

厨房

守院人马克尔提
着箱子。

厕所

浴室

伊利亚的夹鼻眼镜

装着医疗工具和药品
的提包

瓦西卡

玛利亚的帽子

叶连娜的伞和手套

妈妈叶连娜在挂照片。

父母的卧室

7

1914年12月25日　尼古拉·穆罗姆采夫：

　　今天是圣诞节！厨房里弥漫着馅饼的香味，圣诞树上闪烁着明亮的小灯。圣诞树是昨天早上从剧院广场的集市上买回来的。雪花飘落到窗户上。今年的圣诞不再是孩子们的盛大节日，家里只来了玛露霞的朋友沃尔科娃两姐妹和她们的保姆。保姆直接就去厨房喝茶了，妈妈在弹钢琴，女孩儿们开始唱歌："我的丽莎宝贝那么小，那么小，那么小。"真是无聊！这一切都是因为战争。爸爸去前线救治伤员了，没有爸爸的圣诞节算什么节？！去年，我们猜字谜，捉迷藏，还玩了一种新的桌游，叫"空中大战"，游戏里有飞机，还有飞船。我们跳了玛祖卡舞。然后，妈妈演奏了进行曲，爸爸从圣诞树上摘下玩具和蜜糖饼干送给客人们。据说，战争很快就要结束了，德国人和奥匈帝国人再也别想看到巴黎和华沙。报纸上说，这场战争是第一次世界大战，等待德国皇帝威廉二世的将是和拿破仑一样的结局。我们应该尽己所能，帮助我们的英雄们。妈妈在手工作坊捻棉线，伊琳娜报名参加了护士培训，我和玛露霞把自己所有的零花钱——1个50戈比，3个15戈比和2个1卢布——都放入了红十字会的募捐箱。

　　我还捕获了一个"间谍"——玛露霞的德国大洋娃娃。我要处决这个娃娃，玛露霞号啕大哭。尼基福罗夫娜闻声跑了过来，把娃娃没收了。"到处都可能有德国间谍，前线有，彼得格勒有，我们莫斯科也有！"——我是这样向妈妈解释的。但她说，娃娃是无辜的，街角维也纳面包房的塞德尔先生更不是什么间谍，那些移民的后代也为红十字会做了很多贡献。节日的餐桌已经布置好了。突然，门铃响了。会是谁呢？尼基福罗夫娜打开门，吃惊得叫出了声。一位穿着制服和毡靴的先生从走廊进了屋，是爸爸！

1914 年

1914 年 8 月初，俄国加入第一次世界大战。几乎整个欧洲都被卷入了这场战争。第一次世界大战持续了四年之久。这不是两三个国家之间的战争，而是国家联盟之间的争斗，英国、法国和俄国主导一方，德国和奥匈帝国主导另一方。有许多国家——像巴西、中国等——都被战争波及。战争在海、陆、空全面爆发。参战国的军队损失了上千万的战士，不幸死去的平民更是不计其数。

德国士兵

俄国士兵

> 到底有多少伤员啊？遍地都是战地医院。你们怎么忙得过来啊？

> 亲爱的伊利亚，前线是什么样的？

> 可怕极了！军服、靴子不够穿，战士们在战壕里冻得瑟瑟发抖。药物也很紧缺。损失太惨重了！

> 在困难时期，最重要的是要节约。杂志上刊登了一些菜谱，教大家做简单的菜肴。今天我吩咐厨娘做了烤面饼。制作方法是我从《时代之光》杂志上抄的。

法国士兵

> 爸爸，快跟我说说战争是什么样的！

伊琳娜

特里什卡

玛露霞和尼古拉捐给伤员的钱

烤面饼

在大碗中放入3个蛋黄、半茶匙糖，一边搅拌，一边加入半茶匙盐和2杯面粉，再加入2杯牛奶，搅拌均匀至糊状。用勺子量取50克的油，浇在烧热的平底锅上，抹匀，加入调好的面糊，放入烤箱，烤制半小时左右。食用时可搭配果酱。

2个1卢布

妈妈叶连娜

爸爸伊利亚

尼古拉

玛露霞

妈妈的姐姐玛利亚

1个50戈比

飞机

保姆

尼基福罗夫娜

> ▽ 报纸刊文号召大家给前线战士捐赠书籍。

> 这该死的战争！人民本不需要战争。大家应该联合起来，一起对抗资本家和剥削者。

3个15戈比

> 我的孩子格里申卡是怎么和德国人打仗的？

> 得先把敌人赶走，然后再对付那些剥削者。当下，我们应该集中力量保卫祖国。

> 你觉得呢？

谢尔盖，伊琳娜的未婚夫

伊戈尔，谢的战友

烤面饼

这些甜点是从塞德尔先生的维也纳面包房买的。可惜，在纳粹党开始屠杀犹太人之后，面包房就关了。

爸爸最喜欢的茶杯

装着碎糖块的水晶糖罐

暖手筒

护腿——像带扣子的加厚长袜

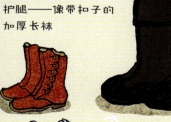

爸爸的保暖毡靴

衣领

沃尔科娃姐妹

尼古拉穿着海军服和短裤。沃尔科娃娃在衣服上的颜色是协约国（英国、法国、俄国）国旗的颜色。这种穿法在当时很流行。

我给娜塔莎写了明信片，送去新年的祝福。夏天，在4间度假的时候，我们俩很要好。可玛露霞总拿我们开玩笑："嘻嘻嘻，天生一双，地造一对！"

明信片

我们每天都会在伊利因卡街上的手工作坊里做纱布卷，大家一天大约能做一万个。

伊琳娜在梳理棉绒

小锡兵

娃娃的脑袋和四肢是瓷质的，躯干里塞着木屑。

墨水

镇纸

挂在圣诞树上的玩具

听诊器

这些玩具是尼古拉和玛露霞的圣诞礼物。

1919年2月21日　玛露霞·穆罗姆采娃：

圣诞节假期里，我和尼古拉没去滑冰，也没串门走亲戚。妈妈和朋友们几乎天天都要约着见面，因为她们要去排队买面包、鱼干和灯油。在食堂，只有凭票才能打到白菜汤；在居民委员会前，人们排着长队，等着领土豆和木柴。2月份的木柴定额是两捆，不管我们怎么节约，不到半个月，木柴就烧完了。我们把所有的旧杂志和椅子都烧了。保姆本想把爸爸的书也烧了，但妈妈不准她碰爸爸的书。

尼古拉一直在咳嗽，到了第三天，他开始发烧。妈妈想去萨莫焦卡找大夫，可是她叫不到马车，电车也停运了。后来，伊格纳托夫医生来到我们家，他是爸爸的老同事。伊格纳托夫医生摇着头说道："是肺炎。我不建议你们去医院治疗，那里现在一片混乱。病房里住着斑疹伤寒患者，可是那些护工呢，您去看看就知道了，他们每天都忙着参加一堆大大小小的集会。暂时还是在家里治吧。"他叮嘱尼古拉多喝牛奶和鸡汤。妈妈和保姆小声商量了一会儿，把藏在木板下面的银勺子拿了出来，用抹布包好，准备第二天拿出去卖。这些银勺子是妈妈的嫁妆。第二天一早，妈妈去了旧货市场。我和保姆一起烧炉子，又去楼下的邻居家里打了水。他们家的

水管没坏，我们家的水管已经裂了。我们给尼古拉喂了用胡萝卜熬的汤，然后一起等妈妈回来。夜色逐渐降临，别人家都开了电灯，我们也把油灯点起来。奥尔利克同志从教育人民委员部回来，进了自己的房间。他现在和我们一起住，就住在爸爸原来的书房里。妈妈也回来了，回来之后就一直在哭泣。她今天用银勺子换了一小块马肉。在回家的路上，一群野狗突然从一个门洞里蹿出来扑向她。她好不容易才逃脱，虽然人没事，但马肉掉在了那里，大衣也被撕咬破了。我强忍着没哭出来。保姆安慰她："没事了，没事了，亲爱的，不论遇到什么，我们都能熬过去的，而且，伊利亚也快回来了。"

1917—1919 年

第一次世界大战结束，德国战败。"一战"还未结束的时候，俄国国内的生活就发生了翻天覆地的变化。1917年，俄国爆发了两次革命：二月革命和十月革命。3月，沙皇退位，俄国成为共和国，国家应由议会管理，主要领导人需要通过选举产生。但是，由多个政党代表组成的临时政府多次推迟选举时间。11月7日（俄历10月25日），以弗拉基米尔·列宁领导的布尔什维克党取得了政权。

布尔什维克党宣布俄国为俄罗斯苏维埃联邦社会主义共和国，国家管理机构的工作人员应当来自工人和农民。不久后，国内战争爆发，交战的双方是布尔什维克的拥护者（红军）和反对者（白军），也有一些参战的人只是想利用战乱趁火打劫。

贴在电车车身上的标语

▽ 该标语号召工人们积极参加星期六义务劳动。

ВСЮ ЖИЗНЬ В СУББОТНИК ПРЕВРАТИМ

我们战胜了寒冷、饥饿与黑暗，再也不会有被压迫的人民，也不会有文盲。全世界的工人阶级都会和我们一同站起来！

（苏维埃政权非常重视国民教育，设立了专门的国民教育委员会发展教育事业，并取得了显著的成效。20世纪30年代末，苏联国民中已基本没有文盲。）

列夫同志，银行和工厂将由谁来管理呢？

无产阶级自己就能当家做主。

皮衣

马裤

列夫同志

利亚利亚同志

1918年，苏维埃政府采用新历法。这一年，1月31日过后的第二天便是2月14日。

◁ 剪报内容是关于新历法的法令。

奥斯特洛夫斯基，就读于斯特罗加诺夫斯基职业技术学校

14

◁ 领取面包和面粉的卡。

穆罗姆采夫一家要凭卡领取土豆，凭票去食堂打不加肉的白菜汤。土豆被分成了好几个等级：工人可以领到最好的土豆，非工人成分的人们有时候什么都领不到。

我们把好一点儿的土豆挑出来。

可是这些土豆都烂了。

那我们就把烂的地方挖掉。

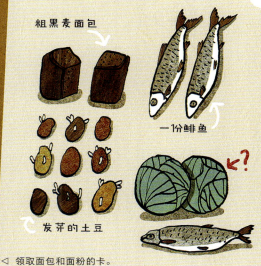

粗黑麦面包

一份鲱鱼

发芽的土豆

尼基福罗夫娜　　尼古拉　　特里什卡　　　　　　　叶连娜　　　玛露霞

斑疹伤寒是一种急性传染病，危险性极大。当时没有治疗该疾病的特效药。

公寓里的水管被冻裂了。我们只好去楼下的邻居家里打水，把装满水的沉重的水桶提上楼。

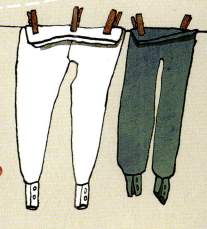

伊琳娜和谢尔盖的合影。照片是从罗斯托夫寄来的。谢尔盖在那里加入了白军。

这个铁质的炉子叫作"资本家的炉子"。据说，当时的资本家没有足够的木柴生火做饭和取暖。他们用这种炉子把房间烘暖，同时也在炉子上做饭。这种炉子烧起来不需要很多木柴，但炉子的加热效果不好。没有木柴的时候，也可以在炉子里烧一些旧的书、杂志、家具和从篱笆上拆下来的木板。

我是叶连娜最喜爱的诗人。1918年5月，她向朋友借了我的作品，读到了我的长诗《十二个》。她把这首诗抄到了自己的笔记本上。

从这座房子到那座房子，拉着一根粗绳。

粗绳上是标语：

"全部政权归于制宪会议！"

一个老太婆很伤心——哭起来了，

她怎么都不能理解，这是什么意思。

为什么要有这样一条标语？

为什么要这么大的一块布？

能给小伙子们做多少包脚布呀，

可是每个人——都是裸体，光脚……

老太婆，像一只老母鸡，

好不容易才绕过雪堆。

（节选）

亚历山大·勃洛克

1927年5月23日　佩佳·西蒙诺夫：

今天厨房里闹哄哄的！我来到厨房，看看还有什么好吃的。妈妈正在那儿洗衣服，一看到我就开始唠叨："你闲着没事在那儿干吗呢？还不快去和安东宁娜一起写作业！"这时，公务员太太突然出现在厨房，冲着医生的太太叶连娜·尼古拉耶夫娜大吼大叫，说是自己的煤油喷灯烧坏了叶连娜的丝袜。公务员太太指责叶连娜，让她别把丝袜挂在别人的煤油喷灯上面。叶连娜沉默着，没有说话，满脸的不高兴。她是一位那么好的阿姨，她教安东宁娜弹钢琴，从来不为自己争辩什么。要不是他们家的保姆尼基福罗夫娜阻止，公务员太太在那儿还得嚷嚷老半天。我刚坐下，要写作业，奥莉加和医生的女儿玛露霞就打开了留声机，摇摇晃晃地跳起了探戈。舒伊斯卡娅奶奶，一位永远跟不上时代的老太太，从她住的储藏室里走了出来："什么声音这么吵？哦！是奥莉加，怪不得，她是个做生意的嘛。玛露霞怎么也在那儿？"戈尔东指责她们："奥莉加同志，您跳这种轻浮的舞蹈，自己不觉得害臊吗？""一点儿也不。"奥莉加回答道，"恰恰相反，我感到很愉快。倒是您，公民戈尔东，您也不反省一下自己。某些人呐，一到夜里就在窗户底下走来走去，还让不让劳动人民睡觉啦！"戈尔东的脸一

下子红了："您怎么可以胡说？我那是在和同志讨论倍倍尔[①]著作中谈到的女性问题。""我们理解，工作了一天，怎么也得消遣一下。"伊万先生决定站出来帮妻子说话。

这些人的觉悟太差了，吵吵嚷嚷的，让我怎么做功课啊！

---

① 奥古斯特·倍倍尔（August Bebel，1840—1913），德国社会主义者，德国社会民主党创始人之一。

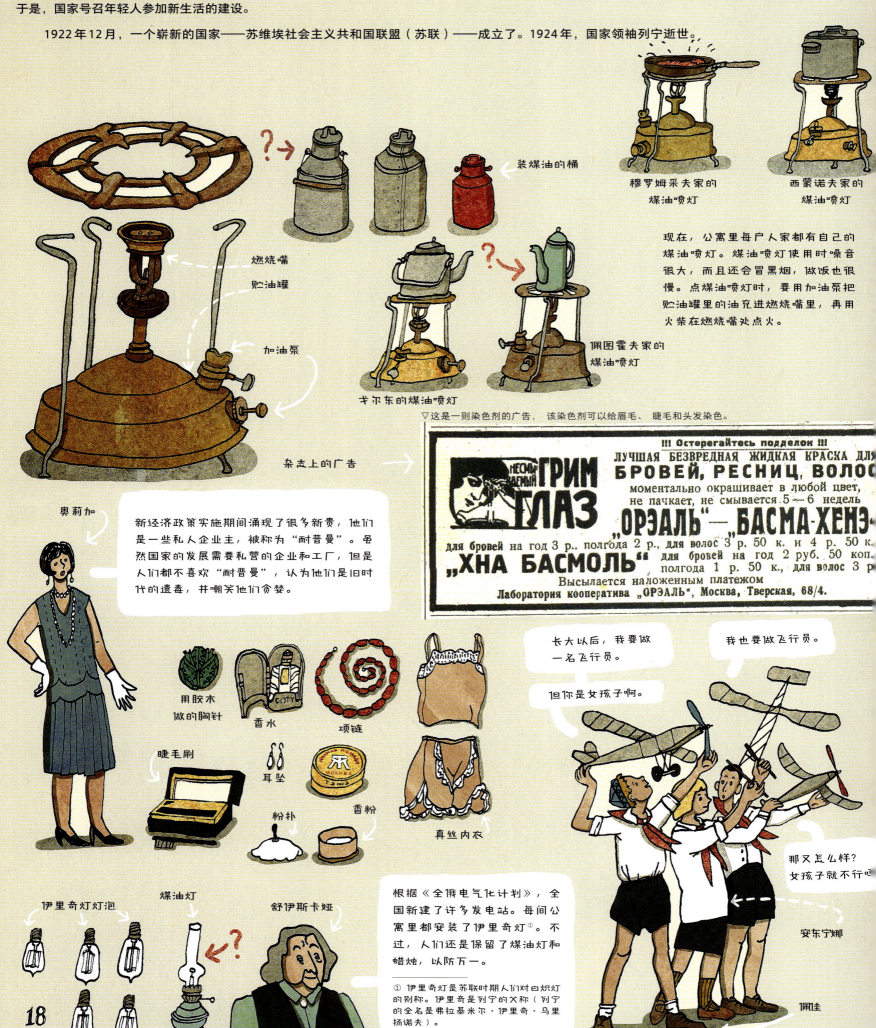

1921—1927 年

1921 年，战争结束，布尔什维克党取得了胜利，他们宣布土地、工厂都归人民所有，实际上就是归国家所有。私营经济和私有财产被视作资本主义的遗毒，受到了禁止。旧的经济体系已不复存在。在农村，农民的余粮被征收。1921 年，农业的收成不好，国内爆发了大饥荒，伏尔加河流域等地区受灾严重，约 500 万人在饥荒中失去生命。为了赚钱，人们都想去城市打拼。在一些新政权的支持者当中也出现了反对的声音。布尔什维克党不得不宣布实行新经济政策，允许发展私营经济和小型企业。人们的生活逐渐恢复了正常。尽管如此，和其他世界大国相比，苏俄的发展依然是落后的。于是，国家号召年轻人参加新生活的建设。

1922 年 12 月，一个崭新的国家——苏维埃社会主义共和国联盟（苏联）——成立了。1924 年，国家领袖列宁逝世。

△此广告推广的是介绍法式首饰和流行服装裁剪方法的图书。

现在，公寓里住着6户人家，穆罗姆采夫家住的地方只有原来的几分之一。公寓里很拥挤，生活也不方便：每天早上用厕所和浴室得排队，厨房里常常爆发争吵。然而，大家还是很珍惜这样的住处，毕竟这是在莫斯科——要在这儿搞到住的地方可不是一件容易的事。

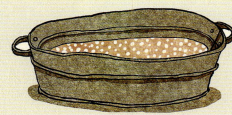

搓衣板　　用来煮内衣的桶

洗衣盆

肥皂粉　洗衣粉　熨斗

穆罗姆采夫一家　　戈尔东

舒伊斯卡娅　　西蒙诺夫一家

奥尔利克一家　　佩图霍夫一家

克拉娃，一起去俱乐部听讲座吗？

又来了！又是讲机会主义和左派的吗？扎伊采夫约我去看电影——《拿着礼帽盒的女孩》。

课本　　墨水笔　　吸墨纸

遥远的阿根廷炎热如火，那里的天空蔚蓝辽阔，那里的女子貌美倾城，那里的乔爱上了克洛……

你怎么这么不思进取！你已经完全脱离了同志们。扎伊采夫真是个落后分子！

你怎么可以这么说呢？戈尔东，他给我念了叶赛宁的诗呢！

我是一名电车司机。我因工作出色获得嘉奖，奖品是一块布，可以做一条连衣裙。这可是一等布！

留声机

普拉斯科维娅·西蒙诺娃

我是少先队员。我和我们中队的小朋友们在院里建立了少先队活动点，我们还组织了电影巡回放映队。

佩佳

连衣裙

谢尔盖·叶赛宁，诗人

戈尔东　　克拉娃

1937年10月12日　塔玛拉·穆罗姆采娃：

　　夜里，费佳突然大叫起来，把我吵醒了。窗外还是漆黑一片。我听到奶奶对玛露霞姑姑说："你们怎么又虐待孩子？他肯定是没吃饱啊！"纽马姑父在柜子后说："叶连娜，瞧您说的，您可是受过教育的女性。我们应该严格按照时间表喂养费佳。"

　　这时，妈妈也醒了："就是你们这些科学喂养法，搞得孩子们半夜睡不好觉，早上又起不了床，天天上学都迟到。尼古拉，你怎么不说话，说点什么啊！"

　　大家争吵的时候，费佳一直在大哭。突然，有人按门铃：前两声很长，最后一声很短。来的人不是找我们的，找的是我们的邻居。他们去了奥尔利克家，也就是我最好的朋友伊斯克拉他们家。可以听到，我们门边的过道里，有靴子踏过地面的声音。也许，他们是送电报的邮递员？不，不是送电报的。也许是工作单位的同志们？费佳哭得更大声了。最后，玛露霞姑姑把他抱在怀里，他才安静下来。墙的那边，奥尔利克家里，好像有什么东西掉在地上，好像还有什么东西碎了。后来我就睡着了。

　　第二天早晨，一切都平淡无奇，但不知为什么，所有人都沉默不语。吃早饭的时候，我的粥没喝完，妈妈竟然没有说我什么。爷爷和爸爸也没有因为谁先看报纸的问题争论不休。纽马姑父无声地做着早操。平日里，他一大早就开始放声高歌，唱各种歌曲，《我的祖国宽广无边》和《快乐的风儿》，我都特别爱听。有了纽马姑父，我们就不需要留声机了。我打算去看看我们的邻居，给伊斯克拉看看我做的新袖章，上面有一个红十字。我现在是我们十月儿童小组的卫生委员。我想顺便打听打听，昨晚来的是什么人。这时，奶奶回来了。我都没注意到奶奶刚才不在屋里。所有人都一动不动，像被突然冻住了，等着奶奶说话。

　　"奥尔利克家遭遇了不幸。列夫被逮捕了。"

1928—1937 年

布尔什维克党希望将革命的范围扩大到全世界。1928 年，工业化建设开始了。为了制造机床、拖拉机和武器，苏联建成了大量的工厂。"五年计划"被提出后，为了完成任务，人们付出了巨大的努力。工人们展开突击式生产，想尽一切办法完成甚至超额完成工作任务。

一定是弄错了。我很早以前就认识列夫·雅科夫列维奇了，他是个正派的人。

在我们的国家，一个人是不会无缘无故就被逮捕的。如果有误会，国家搞清楚之后就会把他放出来。

"正派的人"是什么意思？伊利亚，您可真是个近视眼啊。您难道不读报纸吗？如今一定要保持警惕！

尼古拉收藏的《工农联盟》邮票

丽达的红领巾扣，上有"时刻准备着"字样

1937 年，苏联参加了在巴黎举行的世界博览会，获得了多个奖项。展会上，苏联馆内陈列了薇拉·穆希娜的雕塑作品《工农联盟》。

纽马，玛露霞的丈夫

涅利，尼古拉的妻子

地铁币

伊利亚，尼古拉和玛露霞的父亲

玛什卡

尼古拉，塔玛拉和丽达的父亲

我是一名工程师，参与了莫斯科地铁的建设。1935 年，莫斯科地铁通车，我收藏了当时的地铁币作为纪念。

丽达，我已经都记住了！

不行，我们再复习一遍。

只有热爱劳动的孩子才是真正的十月儿童！

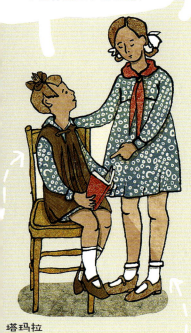

塔玛拉

丽达

在那遥远宽广的天地，
油绿的橡树高耸屹立，
树上两只雄鹰，
正在切切谈心。

你我众民，
皆识雄鹰——
前驱之鹰，
后继之鹰。

前驱之鹰，
诉说离别之情，
临终之际，
它切切叮咛：

"我的伙伴，
离别的时刻已经到来，
我将事业和忧烦，
都一一向你交代托付。"

后继之鹰不惧艰难：
"不要忧烦，一切使命，
我发誓必会承担，
绝对不会半途而返。"

他恪守誓言，
实现伙伴的遗愿，
把祖国建设成了，
幸福的家园。

塔玛拉和丽达的玩具

费佳的小熊

伊斯克拉的玩具

列夫的书

马克思和恩格斯文集

列宁文集

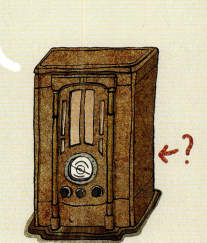

奥尔利克的收音机

纽马的徽章

革命战士国际援助团徽章

防空袭、防化学武器徽章

伏罗希洛夫神枪手徽章

列夫被捕后，我找出相册，把他的脸，还有那些被捕的熟人、朋友们的脸，都从照片里抠掉了。

爸爸被捕两周之后，妈妈也被带走了。爸爸的姐姐阿妮亚姑姑把我接去和她一起住。爸爸被判了十年徒刑，并被剥夺了通信的权利。其实他是被枪决了。

利亚利亚，
伊斯克拉的妈妈

伊斯克拉

1941年12月31日　塔玛拉·穆罗姆采娃：

　　在给爸爸的信里，我一般都会先写好消息。我想让爸爸安心，也想让他知道，我们都是战士。我们的罗莎·卢森堡[①]小队收集了很多瓶子来做燃烧瓶。丽达现在在一家工厂里做组装炮弹的工作。玛露霞姑姑在乌里扬诺夫斯克的一所小学工作，她不只是一名教师，还是那里的校长。妈妈参加了莫斯科周边战壕的挖掘工作，回来之后，她就在一家医院工作。最重要、最令人高兴的好消息就是，我们把法西斯侵略者赶出了莫斯科并乘胜追击。在信的最后，我写道："向您行队礼！塔玛拉。"

　　每天晚上，奶奶都会拉上窗帘，点上灯。这个时候，房间里总是空荡荡的。我没有在信里向爸爸提过这些。现在，住在这里的只有我、丽达、妈妈、奶奶、爷爷，还有西蒙诺夫家的人——普拉斯科维亚和安东宁娜。她们出门很早，回来得又很晚，我很少见到她们。舒伊斯卡娅奶奶原来也和我们住在一起，上个月她过世了。爷爷说，防空警报让她惊恐不堪，她的心脏承受不住了。剩下的人呢，有的因为战乱搬走了，有的则上了前线。

---

① 罗莎·卢森堡（1871—1919），德国人，杰出的马克思主义思想家、理论家、革命家。

　　新年那天，就只有我们这些人孤零零地待在家里。奶奶弄来了一根粗壮的枞树树枝，我和丽达把它装饰起来，还在树枝顶端放了一颗红星。我们找到一根蜡烛，把蜡烛剪成小段，然后点亮。爷爷往每个人的高脚杯里都倒了一些战前酿的甜酒，庄重地说："来吧，我的姑娘们，让我们为胜利干杯！祝福红军在新的一年里彻底打败敌人，干杯！"我和丽达一起喊道："乌拉！"就在这时，妈妈潸然泪下。

1945年5月9日　费佳·施泰因：

　　胜利啦！战争结束啦！塔玛拉、丽达和我一起去了红场。红场上，人们互相拥抱，哭着，笑着，歌唱着。姑娘们随着手风琴的伴奏翩翩起舞。大家把战士们抛到空中又接住。半空中飘浮着印有斯大林巨幅肖像的热气球。那天晚上，礼花在夜空中绽放，美丽极了！在家里，准确地说是在厨房里，也有值得庆祝的事。我们领到了两个焖肉罐头，每个人又领到了一个面包，还有黄油。那可是白面包啊！塔玛拉着谢尔戈一起跳舞。谢尔戈是一名中尉，他只有一条腿，现在住在我们家的储藏室里。姥姥拥抱了涅利舅妈，她们俩尽管平日里相处得不好，此时却站在一起啜泣。我满怀期待，期待爸爸推开门进来。妈妈常说："等战争结束了，爸爸和尼古拉就回来了。"过去我年纪小不懂事，每每这时就会问她："姥爷也回来吗？"现在我长大了，我终于明白：姥爷去世了，我们再也见不到他了。但爸爸还活着，他在为战士们疗伤。爸爸在给我的信里写道："费佳，照顾好妈妈。要听妈妈和姥姥的话，好好学习。"我看着我们仨在战前拍的合影。照片里的妈妈穿着白裙子，把我抱在怀里；我胖乎乎的，光着头。看着照片，我心想：爸爸回来的时候，我肯定一眼就能认出他。照片上的他高大魁梧，头发卷卷的，

26

穿着条纹毛衣。此时此刻，所有人都在举杯、跳舞、哭泣、歌唱，而我依然在专心致志地等着爸爸回家。门铃终于响了，我飞奔着过去开门。我打开门，看到一个穿着制服的陌生阿姨。妈妈和丽达上去抱住了她："戈尔东！亲爱的戈尔东！"妈妈说，她是我们的邻居，战前和我们一起生活过，可我一点儿也不记得她了。那天，我没能把爸爸盼回来，因为他和他工作的医院在离莫斯科很远的地方。半年之后，我们终于见到了他。然而，妈妈的哥哥尼古拉再也没有回来，他在战争中牺牲了。

1939—1945 年

在很长一段时间里，许多国家都视苏联为大国。然而，20 世纪 30 年代，新的威胁在欧洲出现了。以阿道夫·希特勒为首的纳粹党掌握了德国政权。1939 年 9 月 1 日，德国军队进攻波兰，第二次世界大战爆发。德国的盟国有意大利、日本等国家。同样在 1939 年，苏联和德国签订了《苏德互不侵犯条约》。

1941 年 6 月 22 日，德国撕毁条约，入侵苏联。1941 年年末，德军攻到莫斯科城下，列宁格勒也被围困。苏联多数城市都被德军攻占。不计其数的无辜百姓被残忍杀害。

从战争的第一天起，非军工企业也纷纷开始生产武器。很多人都志愿上了前线。女人们和孩子们都去工厂里做工。前线战士的英勇无畏和后方人民的无私奉献扭转了战争的局势。1942 年，苏军在莫斯科保卫战中获胜。1943 年，苏军又夺取了斯大林格勒保卫战的胜利。自此，苏军开始反击。非常时期，曾经的敌对双方也联合起来对抗共同的敌人：美国为苏联提供技术和食物支援，并于 1944 年和其他国家在西欧开辟第二战场。苏军解放苏联全境后，追击法西斯侵略者直到柏林。1945 年 5 月 9 日，战争结束，德国签署投降书。苏联人民经历了痛苦、恐慌、饥饿，又面临着在废墟中重建国家的任务。

苏联 T-34 型坦克

丽达在工厂组装炮弹。

请注意！这里是莫斯科！这里是莫斯科！现在播报苏联政府通知。苏联公民们，今日凌晨 4 时，德国军队不宣而战，入侵我国。我国边境多处失守，日托米尔、基辅、塞瓦斯托波尔、考那斯等城市遭到轰炸。

莫斯科市民在收听宣布战争开始的广播通知。

丽达，战争很快就会结束的，对吗？

1941 年 12 月，穆罗姆采夫家收到的尼古拉的来信

玛露霞，费佳的妈妈

用硬纸板做的

用纸片做的

挂在圣诞树上的玩具

用铁丝做的

用烧瓶和安瓿瓶做的

塔玛拉和丽达在窗户上糊纸条，以免窗子在轰炸中被震碎。

用毛毡做的

用玻璃做的

1941年6月22日，我报名参军，但他们让我先回家，8月才通知我上战场。1941年11月21日，我在图拉战死。

1942年春天，我回到诊所工作。莫斯科很缺医生。1942年4月19日，我没来得及躲入防空洞，在离家不远的地方被炮弹的碎片击中身亡。

1941年，我获得了大学学位。这年10月，我志愿上前线作战。1942年12月，我在斯大林格勒牺牲。但家人收到的通知里只是说我下落不明，他们等了我很久。

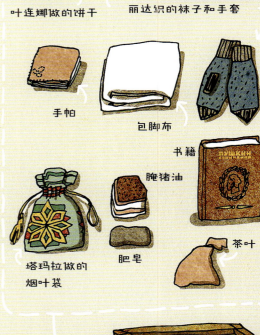

叶连娜做的饼干　丽达织的袜子和手套

手帕　　包脚布

书籍

腌猪油

塔玛拉做的烟叶袋　　肥皂　　茶叶

船形帽
军便服

马裤
绑腿
皮鞋

佩佳，列兵

伊利亚，尼古拉的父亲

尼古拉，塔玛拉和丽达的父亲，民兵

家人给尼古拉寄的包裹

战争开始的时候，我被招进坦克兵学校，半年之后，我们这一批人就被派去前线。1943年7月6日，在库尔斯克，我的坦克在被炮弹击中后熊熊燃烧，我在火海中丧生。

我一直攻到了柏林。在战争快结束的时候，我受了重伤。1945年4月28日，我在医院去世。

战争开始的时候，我们在明斯克。我们没有机会乘坐交通工具撤退，步行撤退又来不及：6月28日，德军已经攻入城市。1941年11月7日，德军包围了犹太人聚居区，我们不幸中弹身亡。

请注意！这里是莫斯科！
1945年5月8日，德军最高统帅部代表在柏林签署了无条件投降书。苏联人民顽强抵抗德国法西斯侵略者，终于取得了伟大的卫国战争的胜利！德军已被击溃。光荣属于为祖国的自由和独立而战的英雄们！

米哈伊尔，丽达的未婚夫，下士

斯捷潘，上士

阿布拉姆和埃斯特，费佳的祖父母

扬声器

1953年3月5日　列娜·施泰因：

　　今天，斯大林与世长辞了。早上，广播里播报了这个消息。学校里，老师安娜在课堂上突然哭了起来，跑出了教室，我们一声不吭地坐在教室里，没有一个人窃窃私语。怎么会这样呢？斯大林是我们热爱的领袖，他是孩子们最亲密的朋友。他住在克里姆林宫，每天都夜不能寐，因为他太牵挂我们了。斯大林怎么可以逝世呢？晚上，我们聚集在一个大房间里。广播里放着悲伤的音乐。隔壁屋也很安静，薇拉没有踩着缝纫机干活。在这样的日子里，怎么还会有心情干活呢？我的哥哥费佳上的是男子学校，白天他在学校里站岗守卫领袖的肖像。大家之所以选他来站岗，是因为他是优等生，也是共青团员。他整晚都在家里，没去找鲍里亚下国际象棋。都到这时候了，还下什么棋呢？丽达一直在哭，反反复复地说："现在该怎么办啊？他走了，我们该怎么办啊？"涅利舅妈说："这个没了，还会有另一个。"妈妈让她小点声儿："你疯啦！邻居会听见的！"谢尔戈从手工作坊回来后就直接去了柜子后面，那是他住的地方。他不小心把什么东西碰倒在地上，便骂了一句。也许，他今天又遇到了曾经的战友。这样的话，现在最好别去烦他。我和塔玛拉做了晚饭，把饭菜放到桌上。就等爸爸回来了。

他现在总是很晚回家，因为他在郊区的医院工作。妈妈说，这只是暂时的，现在一切都还没弄清楚。是什么事儿还没弄清楚呢？妈妈把我们的作业本摊开，放到桌上，像要帮我们检查作业，却一眼也没看。

　　最后，爸爸终于回来了，他不是走进来的，而是跑着进来的。他站了好一会儿才喘过气来，随即就拿起扬声器狠狠摔到地上："说的都是什么啊! 你们到底了不了解他!"

1946—1956 年

战后，国家得到了重建。人们都希望生活可以更加自由。但是冷战还在继续。1945 年之后，许多在二战中被苏联红军解放的东欧国家选择了社会主义的发展道路。那些不愿沿着这条路发展的国家，则会受到干预。

在斯大林葬礼上的人们

到处都是投毒者，到处都是啊！我听一个女人说，她从药店买了一些药片，把药片对半掰开，看到里面有小小的白色蠕虫！这家药店药剂师的姓氏是卡茨。

娜佳阿姨，药片里怎么可能有蠕虫呢？您说的是什么呀？

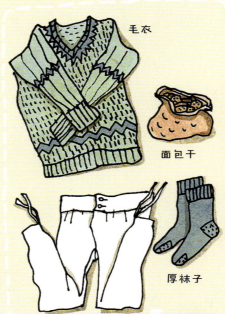

毛衣

面包干

厚袜子

衬裤

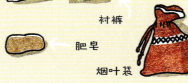

肥皂

烟叶袋

苏联战士缴获的德国娃娃，用陶瓷做的脑袋

列娜的娃娃，用塑料做的

病人们不再到我这里接受治疗，他们要求换一个医生。
我不得不离开医院，好不容易才在别处找到工作。
日复一日，我每天都提心吊胆，甚至还为此收拾出一个小箱子，我也听到了各种各样的传言……

塔玛拉，
玛露霞的侄女

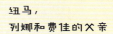

纽马，
列娜和费佳的父亲

牛奶工娜佳每天早上都会给穆罗姆采夫家送牛奶。

有人给塔拉·穆罗采娃送了一本书——《健康美味的饮食》。书里介绍了食疗法、儿童饮食以及奶油汤、茄子酱等菜肴的做法。在书里还能看到许多罕见的美食，比如刺山柑和芦笋。

费佳，你啊你，为什么要去那里呢？邻居说，那里人特别多，多到能把人踩死。

这可是领袖的葬礼啊！我们全班同学都去了。我和巴甫卡看到萨莫焦卡的人那么多，就退回到了巷子里。你能想到吗？我的袖子都被揪掉了。

梳妆台上的东西：

香水

首饰盒

香粉

女孩和男孩都穿长袜。长袜是用带扣子的松紧带系在特制的背心上的。男孩子经常不系松紧带，袜筒滑下来，堆在鞋后跟那里。

1953年，公寓里装了电话。电话是公用的，安装在走廊里。

电话机

玛露霞，费佳和列娜的妈妈　　费佳

弹弓
冰鞋

列娜　　热卡，列娜的朋友

背心
松紧带
长袜

衬裤　　内裤

列娜作业本中的一页

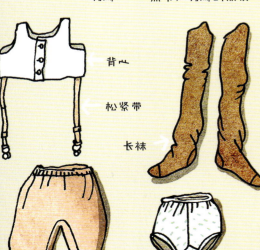

▽作业本上是列娜写的演讲稿，内容为：同学们，35年前，在1917年10月25日（儒略历），在彼得格勒，即现在的列宁格勒，爆发了革命。革命的领袖是列宁同志。1917年10月24日，起义爆发，斯大林同志是武装力量的领袖，10月25日，几乎整个城市都已……

Доклад.

Девочки! 35 лет тому назад, 25 октября (7 ноября) 1917 года в Петрограде, нынешнем Ленинграде, произошла ~~револю~~ революция. Во главе ~~к~~ её стал тов. Ленин.

24 октября 1917 года началось восстание, военной частью которого руководил тов. Сталин, а 25 (⁷/XI) уже почти весь город был в

1961年4月14日　根卡·穆罗姆采夫：

　　第一个进入太空的是我们苏联人！他坐火箭绕地球飞行一圈后归来了！晚上，费佳从单位打来电话说，他们全系都要去见第一位航天员。爸爸画了一张大海报："莫斯科——宇宙！加加林①——万岁！"周五早上，我和费佳一起坐地铁去他工作的大学。校园里，大家按院系排成队，一起出发去列宁大街。春日的阳光和煦温暖，我们周围的每一个人都那么幸福快乐。我从没见过那么多人。去年妈妈带我去参加五一游行，红场上都没这么多人。"我们赶超了美国，已经赶超了！"突然有人激动地大喊："来了！来了！"虽然我们在后排，但好在费佳让我坐在他的肩上，我就什么都看见了。加加林站在一辆敞篷的汽车里。汽车缓缓驶来，他微笑着，向大家招手。所有人都开始欢呼、鼓掌，我叫得比谁都大声。后来，我们在地铁上遇到了鲍里亚·阿普谢，他也是来看加加林的。费佳还给我买了冰激凌。他和鲍里亚都想喝点儿啤酒，可惜附近仅有的一个售货亭前排着很长的队伍，我们就不想等了。晚上，大家都在电视机前收看新闻。电视镜头里，加加林下了飞机，沿着红毯走到台上，

向大家汇报太空之行……他的鞋带开了，大家都很紧张：他可别摔一跤啊。可是加加林根本没有低头看。以前我想成为一名地质队员，就像鲍里亚一样，去野外考察，在篝火上做饭，在河面上漂流，探寻石油资源、钻石还有稀有金属。但是，现在我非常清楚：长大以后，我要当一名航天员！

1961 年

　　"解冻"仍在继续。苏联又像过去一样，向着社会主义的光明未来继续前进。领导国家的依然是苏联共产党。尼基塔·赫鲁晓夫宣布："这一代的苏联人将要在共产主义制度下生活。"自从加加林成为第一位进入太空的地球人，苏联似乎成了世界上最强大的国家，幸福安康的新时代也仿佛已经到来。苏联人民的生活越来越好：许多人搬出了公有住房和板棚，住进了独立的新公寓。商店里可以买到各种各样的食物、服装和高科技的家电——电视机、冰箱、吸尘器，其中多数商品的价格都是普通人可以承受的。与此同时，冷战非但没有结束，反而愈演愈烈。古巴导弹危机是美国和苏联之间一次激烈的对抗，这和苏联在古巴部署导弹有关。

玉米

陶瓷小象

万年历

疯狂而执着，
燃烧吧，火焰，燃烧吧！
十二月离去，
一月到来。

我们拥有一切——
快乐、欢笑，
皎洁的月亮，
明媚的春天。

等到夏天过去，
就请对这一切
进行最无情的审判。

但用不着辩护。
即使过了一整个世纪，
也必须勇敢直面。
将要面对的后果，
都不值一提。

疯狂而执着，
燃烧吧，火焰，燃烧吧！
十二月离去，
一月到来。

电唱收音两用机

科斯季克

СОВЕТСКИ
ОРИЙ ГАГАРИН
ВЕЛИЧАЙЦ
ЈАШЕГО СТРО
ЈАШЕЙ ТЕХНИКИ,
 АПРЕЛЯ 1961 ГОДА В 10 ЧАСОВ 5
ВОСТОК» БЛАГОПОЛУЧНО ВЕРНУЛС

我是共产主义者。我为苏联而战斗，我相信我们的领袖。现在我相信第二十次代表大会。

汪汪！

飞箭

费佳

费佳的同班同学

马林娜

瓦利娅

谢尔盖

女孩们节日里穿的白色围裙和平时穿的黑色围裙

男孩们的皮带扣

根卡　　　列娜，根卡的姨妈

1947年，苏联确定了统一的校服。男孩的校服是套头衫、长裤、帽子和皮带。女孩的校服是咖啡色的连衣裙和围裙——白色的围裙是节日里穿的，黑色的围裙是平时穿的。

领口　　　袖口

每次清洗之后，需要把领口和袖口重新扣到衣服上

妈妈，我想要裤腿紧一点的裤子。

紧腿的裤子？没门儿！你又不是小流氓！薇拉，外套会不会太长了？

不长不长！现在就流行这样的：外套得是双排扣的，裤脚不能带翻边。

薇拉，鲍里亚的妈妈

▽剪报的内容是对加加林首次进入太空一事的报道

Й ЧЕЛОВЕК В КОСМОСЕ!
РОШУ ДОЛОЖИТЬ ПАРТИИ И ПРАВИТЕЛЬСТВУ И ЛИЧНО
ИКИТЕ СЕРГЕЕВИЧУ ХРУЩЕВУ, ЧТО ПРИЗЕМЛЕНИЕ
РОШЛО НОРМАЛЬНО, ЧУВСТВУЮ СЕБЯ ХОРОШО

Я ПОБЕДА НАШЕЙ НАУКИ,
АШЕГО МУЖЕСТВА
УТ КОСМИЧЕСКИЙ КОРАБЛЬ-СПУТНИК
ВЯЩЕННУЮ ЗЕМЛЮ НАШЕЙ РОДИНЫ

ПРОЛЕТАРИИ ВСЕХ СТРАН, СОЕДИНЯЙТЕСЬ! ПРОЛЕТАРІ ВСІХ КРАЇН, ЄДНАЙТЕСЯ! ...

ИЗВЕСТИЯ
СОВЕТОВ ДЕПУТАТОВ ТРУДЯЩИХСЯ СССР

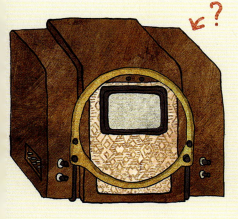

穆罗姆采夫家的电视机

1956年，穆罗姆采夫家拥有了一件神奇的家电——电视机。最早的电视机屏幕很小，为了放大图像，人们需要在屏幕前安装一个放大镜。电视图像是黑白的，只有两个频道。不久后，彩电就在苏联出现了。

这一代的苏联人将要在共产主义制度下生活！

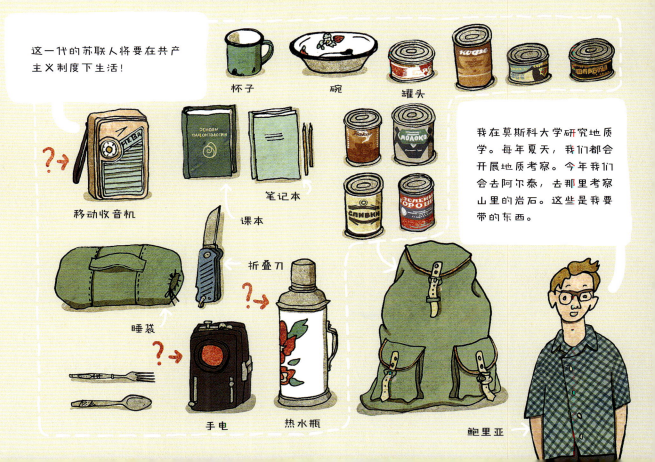

杯子　　碗　　罐头

笔记本　　课本

移动收音机

折叠刀

睡袋

手电　　热水瓶

我在莫斯科大学研究地质学。每年夏天，我们都会开展地质考察。今年我们会去阿尔泰，去那里考察山里的岩石。这些是我要带的东西。

鲍里亚

1973年8月26日　大卫·尼诺什维利:

　　"苦啊！苦啊！苦啊！"①

　　我可真是服了根卡了，当着那么多人的面，还要吻多久啊！他可真行！我们的公寓里头一次办这样有意思的婚礼。根卡的朋友们都来参加婚礼了。有人随着音乐跳舞，也有人就只是听听音乐。趁着邻居还没敲暖气管，他们把音乐放得很大声。根卡的房门上贴着一张海报，上面写着："最好的礼物——酒。"妈妈很生气："根卡，你白上学了！成天这么乱来！我看你都快成嬉皮士了！"她说这些毫无意义。虽说根卡没有获得列宁奖学金，但他的学习也还是不错的。他的妻子塔尼娅是优等生，滑冰、滑雪都不在话下。他们经常带我去冰场。他们一半的同学都来参加婚礼了，塔尼娅的亲人也从别兹博日尼克镇赶来。长条桌摆了两个房间，大家从厨房搬了凳子，又从邻居家借了餐具。桌子的一头，乐手专注地拉着手风琴，桌子的另一头，

---

① 俄罗斯人有一种说法：新人的吻能够使酒变甜。因此，他们会在婚礼上对新人喊："苦啊！苦啊！"

则播放着猫王的歌。费佳舅舅和他的朋友们去楼道里抽烟了。我悄悄地跟着他们。他们要是发现了我，准会把我赶回来："你不准听！"费佳舅舅暂时还住在这里，但他想离开这儿，永远地离开——他要出国。然而，他没有获得批准。

1964—1973 年

　　短暂的"解冻"很快就结束了。1964 年，尼基塔·赫鲁晓夫卸任。在此之前，政策已开始收紧。列昂尼德·勃列日涅夫统治时期被称为"停滞时期"。尽管如此，新一代的苏联人还是感到自己比以前更自由。一些人敢于公开说出自己的想法，即使他们的想法与国家的政策相左。1968 年，有 8 人在红场上示威，公开反对苏联出兵捷克斯洛伐克。人们关于政治的讨论从报纸上又回归各家的厨房里。很多人在家里用打字机复制一些违禁的作品。人们偷偷地搜寻"敌人的声音"——西方的俄语广播。那些想离开国家的人也意外地发现自己有空子可钻：他们可以拿到邀请函，去投奔自己在国外的亲戚。不过，出国许可有时需要好几年才能批下来，获得许可就意味着和祖国、亲人永远地分别。有一道铁幕将苏联和世界隔离开了。

赫鲁晓夫楼。大卫的姑姥姥玛露霞和姑姥爷纽马分到了这栋楼里的一套公寓。

斯坦司

任何一个国家，任何一个村庄，
我都不愿选择，我要在瓦西里岛上吉别人世。
幽暗之中，我看不清你深蓝的模样，
我倒在柏油路上，路上的绿条已经斑驳。

心灵在黑暗中不知疲惫地奔跑，
彼得格勒的轻烟里，四月的雨丝落在雪堆的身后。
我听见一个声音：再见了，朋友。

我用脸庞，紧贴冰凉的祖国，
看到河的对岸有两种生活，
像一对年幼的姐妹，天真纯洁，
她们跑到岛上，在男孩身后向他招手。

（1962）

Стихотворения
ИОСИФА БРОДСКОГО
Е. В., А. Д.

Стансы.

Ни страны, ни погоста
　　не хочу выбирать.
На Васильевский остроав
　　я приду умирать.
Твой фасад　темносиний
　　я впотьмах не найду,
между выцветших линий
　　на асфальт упаду.

И душа, неустанно
　　поспешая во тьму,
промелькнет над мостами
　　в петроградском дыму,
и·апрельская морось,
　　над забылком снежок,
и услышу я голос:
　— До свиданья, дружок.

И увижу две жижзни
　　далеко за рекой,
к равнодушной отчизне
　　прижимаясь щекой,
— словно девочки-сестры
　　из непрожитых лет
выбегая на остров
　　машут мальчику вслед.

№?
1962

△ 这是俄裔美国作家约瑟夫·布罗茨基（Иосиф Бродский，1940—1996）的一首诗歌作品。布罗茨基1972年被剥夺苏联国籍，驱逐出境，不久后受聘于美国密歇根大学，开始在美国生活，1987年获得诺贝尔文学奖。诗歌译文如上。

他竟对我说："您可是工程师啊，也就是说，您没准儿会把我们的军事机密泄露给西方。"我根本就不知道什么军事机密！我就想找份看门的工作。没有工作成天游手好闲也是不行的。

你别急了。博戈莫利内从1966年起就一直被拒。你要不是个工程师，是个商店主管什么的，他们早就放你出国了。

我怎么可能是商店主管啊……

说的都是谁啊？

费佳

萨沙，费佳的朋友

小毛球

大卫，根卡的弟弟

埃里卡牌打字机

复写纸

VEF-12型收音机

复制文本的最简便的方式是用打字机打，在打字机里放几张白纸和几张单面复写纸即可。这叫作"打字机印刷术"。敲键盘的时候要使劲一些，这样，一次就可以复制出好几份文本。

根卡和塔尼娅收到的结婚礼物

新郎根卡的父母送的亚马扎牌盘式录音机

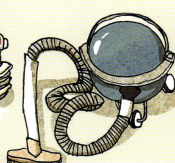

新娘塔尼娅的父母送的圣母牌茶具

涅利姥姥送的高脚杯

新娘塔尼娅的父母送的土星牌吸尘器

阿姨送的锻铜立体浮雕挂画

根卡和塔尼娅的同学们送的塔甘卡剧院的票

НА ТАГАНКЕ
ВЕЧЕР
Б/кн. № ✳ 000157 0157
МОСКОВСКИЙ ТЕАТР
ДРАМЫ И КОМЕДИИ
ПАРТЕР
29 ноя 1973
Ряд 1 Место 4
Цена 1 р. 50 к.
КОНТРОЛЬ

懒惰的涅斯托尔和皮涵在魁梧的少年中间转悠，他们成不了虚伪的偶像，也成不了伟大的圣人：用"埃里卡"打四份，完事儿！……这就够了！

（以上歌词中的涅斯托尔和皮涵都是东正教修士。他们每天苦修，抄写古老的书卷。词作者加利奇认为，他们通过天天抄写书卷的方式来修行是成不了圣人的，因为用当时流行的埃里卡牌打字机很快就能把他们抄写的手稿打出好几份来。）

"解冻"时期，莫斯科出现了一批新的剧院。这些剧院里的年轻演员和新一代导演都敢于做新的尝试。现代人剧院和塔甘卡剧院演出的每一部剧都会引起广泛的关注，一票难求。

婚宴上的食物

沙拉   水果   灌肠   腌黄瓜

手抓饭   腊肠   柠檬片

X光片摇滚

在苏联，人们没有办法买到西方流行音乐的唱片，就把音乐灌到旧X光片做的唱片上，这叫作"X光片音乐"。

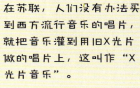

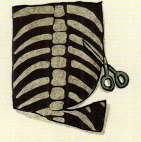

塔尼娅，快看，朋友们给我们送了什么！《四川好人》的票！

根卡，我们能见到维索茨基了！

（维索茨基是苏联著名诗人、戏剧演员和音乐家。）

康普茶（发酵饮品）

根卡   塔尼娅

穆罗姆采夫的flat真是太酷了！他的parents也很酷，和我的parents完全不一样。

是啊，这场婚礼也很精彩！

Twist and shout!

（披头士的著名歌曲。）

"施季里茨，请您留下。"

（电视剧讲述了1945年春天，苏联侦察员施季里茨克服重重困难，与敌人斗智斗勇，调查德意志帝国上层官员与西方秘谈媾和的故事。1973年，电视剧在苏联播出，广受欢迎。）

1973年8月，电视台首播电视剧《春天的十七个瞬间》。

头带

小挎包

喇叭裤

1972年之后的4年里，我次次被拒。我被学院解雇了。我住在塔玛拉和谢尔盖的家里，学一点外语，靠着打零工勉强度日。1976年，我突然获得了许可，我坐飞机去了维也纳，又从那儿转机去了美国。

奥列格和玛莎，嬉皮士，根卡和塔尼娅的同学

费佳·施泰因

拉维利的小兵人

索尼娅在准备
马列主义思想课的教案。

正门

穆罗姆采夫家的房间

根卡和塔尼娅向
库兹涅佐夫家租的公寓

费佳下了夜班，正在睡觉。

塔玛拉在为谢尔盖补袜子。

根卡和塔尼娅正在吃晚饭。他们在
尤尔马拉度完蜜月回来了。

大卫在读《三个火枪手》。

小狗飞箭在打盹儿。

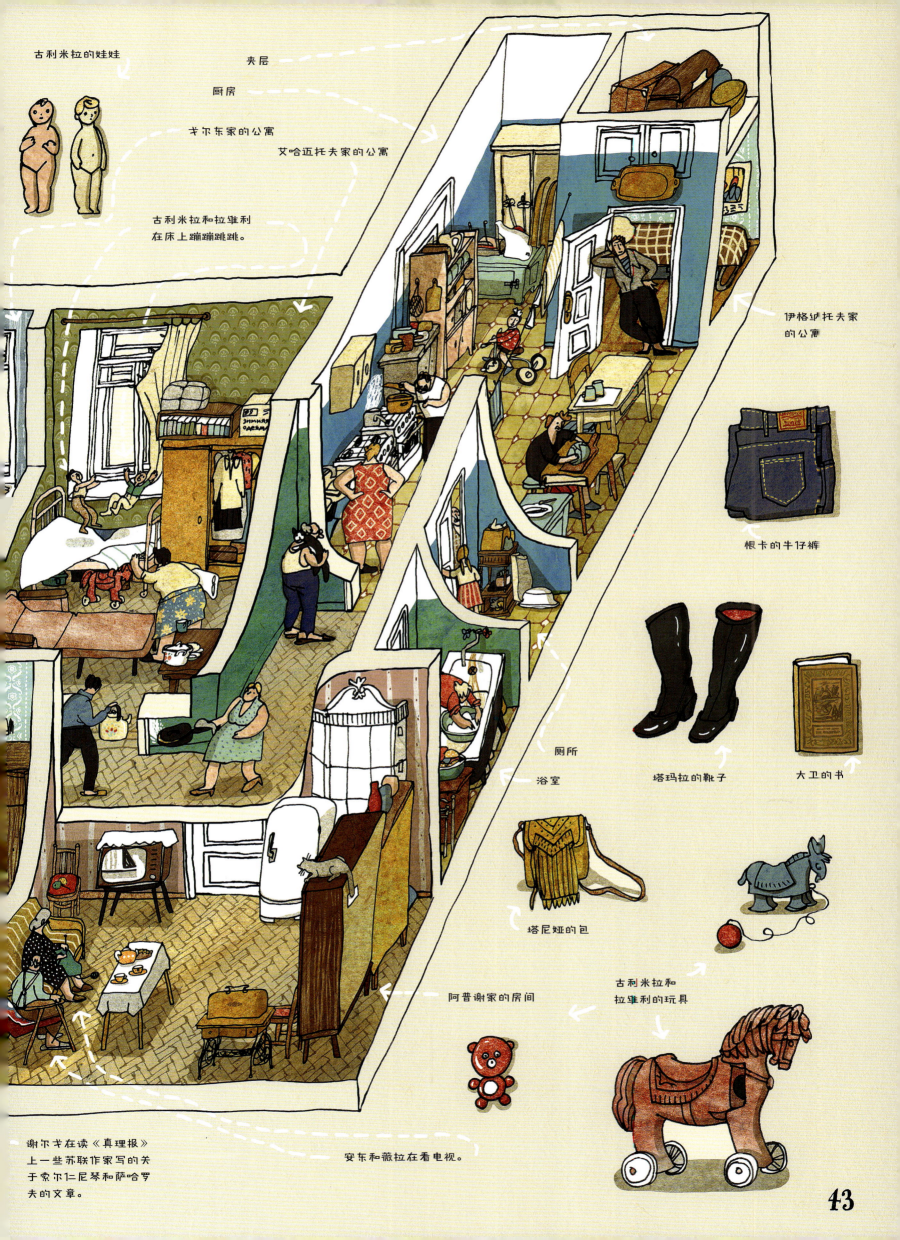

古利米拉的娃娃

夹层

厨房

戈尔东家的公寓

艾哈迈托夫家的公寓

古利米拉和拉雏利
在床上蹦蹦跳跳。

伊格纳托夫家
的公寓

根卡的牛仔裤

厕所

浴室

塔玛拉的靴子

大卫的书

塔尼娅的包

古利米拉和
拉雏利的玩具

阿普谢家的房间

谢尔盖在读《真理报》
上一些苏联作家写的关
于索尔仁尼琴和萨哈罗
夫的文章。

安东和薇拉在看电视。

43

1987年10月29日　萨沙·穆罗姆采娃：

　　曾姑外祖母伊琳娜来我们家做客了。她从巴黎来，是个法国人！实际上，她是俄罗斯人，说俄语。她的第一任丈夫是军官，在国内战争期间去世了。后来，曾姑外祖母伊琳娜去了法国，嫁给了一个法国人。但她的先生已经去世了。他和谢尔戈爷爷一样，是个真正的英雄，在抵抗运动中和德国人打过仗。曾姑外祖母年纪很大，快100岁了，但她的精神头很好，人也很时髦——穿着高跟鞋，头发梳得整整齐齐，根本就不像一个老太太。爸爸妈妈原来并不知道，除了去了美国的费佳，他们在国外竟然还有亲戚。半年前，我们收到一封信。爸爸妈妈一开始没说是谁寄来的，他们和爷爷奶奶小声商量了一会儿，打电话叫他们的列娜阿姨过来，又让我和米佳出去玩一会儿。后来，他们才告诉我们，有一位曾姑外祖母要从法国来看我们，不准和别人说这件事，更不准拿这件事向任何人吹牛。妈妈做了大扫除，又安排了招待客人的食物，免得丢脸。现在，曾姑外祖母就在我们家，所有亲戚都来齐了。曾姑外祖母伊琳娜小时候就住在这里。她和曾姑外祖母玛露霞久久地拥抱在一起，她们哭了，还互相问："你还记得这个吗？"大卫从厨房上面的夹层里拖出一个装着老照片的箱子。十月革命前的照片都很大，泛着黄，印在厚厚的相纸上，相纸上压印着照相馆的地址：

莫斯科，辛比尔斯克，维尔纳，梯弗里斯。后来的照片小一些，也模糊一些，照片背后经常会写一些字："加利娅赠予韦尼阿明。纪念我们的友谊。"有的照片特别小，和证件照一般大。还有一些照片的边切得很美，像花边一样。妈妈用铅笔在照片上标记每个人的名字。这时，曾姑外祖母打开包，开始给每个人发礼物。什么礼物呢？米佳的礼物是印着埃菲尔铁塔的 T 恤和口香糖。我的礼物是芭比娃娃。芭比娃娃的衣服和鞋子都是可以穿或脱的，肘部的关节还能活动！明天我要把芭比娃娃带去学校给女孩们看。

1978—1989 年

1979—1989 年，苏联与阿富汗的战争爆发。在这场战争中，有成千上万的苏联战士和军官伤亡。在与西方进行的军备竞赛中，苏联投入了大量资源，导致本国计划经济的发展进入了停滞时期。以米哈伊尔·戈尔巴乔夫为首的领导层决定开始改革：加速国家经济发展，推行经济改革和"公开性"政策，缓和紧张的国际局势。1989 年，柏林墙被拆除，这也是该历史时期的标志。在电视和报纸上，人们公开地讨论改革。

伊琳娜从巴黎带来的礼物

给米佳的T恤

给根卡的领带

给大卫的唱片

给塔尼娅的耳环和连裤袜

糖果

给玛露霞的香水

奶酪

画册

给萨沙的芭比娃娃

给阿尼娅的纸尿裤

玉米脆片

口香糖

《新世界》杂志

穆罗姆采夫家的书架上放着厚厚的杂志合订本：《新世界》和《外国文学》。1988 年，帕斯捷尔纳克的长篇小说《日瓦戈医生》、索尔仁尼琴的《古拉格群岛》在《新世界》杂志上与苏联读者首次见面。

米佳、萨沙收集的口香糖包装纸。口香糖是曾姑外祖母伊琳娜给他们带的。学校里的小伙伴们都很羡慕他们。

我的曾姑外祖父原来是军官！这简直就像电影里的故事！他们以前生活得特别考究，可气派了——有厨娘，还有清洁工！而赖萨姥姥的妈妈呢？他们家住在农村，十月革命前，一到冬天，他们都没法去上学，因为家里有10个孩子，毡靴却只有3双。

米佳

妈，我接受洗礼了！

现在流行的都是些什么事啊？看你爸怎么说你！

爸爸的爷爷大卫可是一位牧师啊！

大卫的物品

十字架

用打字机打印的福音书

从前有位年轻画家，
他拥有豪宅还有名画，
但他迷恋上女演员，
她貌美无瑕。
画家从帝得知她喜欢花，
于是卖掉房、瓦，
卖掉自己引以为傲的画，
抛掷全部身家，
买下成千上万的玫瑰花。

← ?

大卫，米佳、萨沙和阿尼娅的叔叔

噢，要是我早点完蛋，趁着自己乳臭未干，我的爸爸妈妈，早就开上日古力汽车四处兜转。

穿着奇装异服，成天游手好闲，吸烟、闲逛！还有谁在工作啊？

廖尼亚、尼基塔，他们是大卫的朋友，喜欢朋克文化

这幅作品很老，是我的自画像。我给它命名为《约伯》。

哦，我太喜欢了！价铿是多少？

阿尼娅的玩具

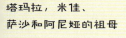

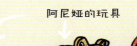

萨沙的玩具

米佳的玩具枪

寨车游戏

电子游戏《兔子，等着瞧！》

谢尔盖，米佳、萨沙和阿尼娅的祖父

史密斯先生，来自纽约的收藏家

尼基福罗夫娜，保姆

叶连娜，妈妈

伊利亚，爸爸

玛露霞

伊琳娜

尼古拉

费佳

卡佳，费佳的妻子

穆罗姆采夫一家在1912年拍的全家福。1987年，这张照片在厨房柜子的夹层里被找到。

费佳从美国寄来的拍立得照片。

萨沙

冬天的时候，费佳爷爷托人从美国给我们捎来家信。他现在是一名程序员，他工作的公司名字很好笑——苹果！费佳爷爷还给我们寄了他的照片。

1991年8月19日　阿尼娅·穆罗姆采娃:

　　今天是星期一。爸爸妈妈昨天回了城，我、米佳和萨沙自个儿待在我们家建在郊区的小别墅里。爸爸今早要上班，妈妈得在城里办点事——她答应我们今天夜里回来。妈妈交代米佳要照顾好小家伙们(她说的"小家伙们"就是我和萨沙，仿佛我们还都是小毛孩!)。一大早我们就听见外面吵吵闹闹的，于是就跑出去看——远处开来一支坦克纵队。我们听到巨大的轰隆声，满眼都是飞扬的尘土。米佳说这是演习。我们回屋吃过早饭，打开了广播。广播里正在播报新闻，宣布国家进入紧急状态。新闻播完后，广播里又放了一段悲伤的音乐。米佳说:"嗯，改革完蛋了。收拾收拾吧，可能马上就要封路了，我们得回城里找爸爸妈妈。"萨沙问道:"啊! 是不是以后就不准听披头士了? " "很难说，一切都是有可能的。快点儿吧! "我们没法给家里打电话，这儿没电话机。我带上了自己的画册、铅笔还有洋娃娃，萨沙往包里塞了装着磁带的随身听。我们没洗碗，来不及了。然后我们就坐电气小火车回到城里的家，在家门口遇到了妈妈，她正要去接我们。"我的聪明孩子! "她说。(妈妈不知道碗没洗的事儿，也不知道米佳忘记锁门了。)

　　爷爷说，我们在郊区看到的坦克已经开到城里了，他想去看看，他和米佳就一起出门了。晚上，爸爸都已经下班回到了家，爷爷和米佳却还没回来，也没给家里打电话。他们遇到了什么危险吗？没有人知道。电话终于响了！然而，不是米佳和爷爷。是赖萨姥姥从火车站打来的电话，她从别兹博日尼克镇来到莫斯科，给我们带了一些小礼物，她想让爸爸去接她，帮她拿东西。妈妈抱着脑袋很不安，塔玛拉奶奶安慰她说："不会有事的，塔尼娅，不论发生什么，腌西红柿总会有用的。"

1991年　苏联解体

谢尔盖和捍卫莫斯科白宫的人们在一起。

一些东西只能凭票购买，比如说糖。根卡的新衣服就是他用在科学院工作时领到的票买到的。

爸爸，我今晚不回家了。别担心，我和爷爷都没事。我们在莫斯科白宫这儿呢。是的，有很多坦克。爷爷和指挥员聊天去了。对不起，电话亭外排着长队。我要挂了。让妈妈不要担心，好吗？

米佳

小伙子，你这通电话怎么打这么久？

电话亭

索尼娅

▽这些带有编号的彩色小纸片是当时苏联人用于购买商品的票券。

萨沙的随身听

改变！——这是我们心灵的呼喊。
改变！——我们的眼睛需要看见。
在我们的笑声和泪水里澎湃，
在我们的血液里掀动波澜：
"改变！我们期待改变！"

如今，许多食物都很紧缺。面包、海带罐头倒是可以自由购买，不受限制。通心粉、粮食不好买，人们会在商店抛售时买来多储存起来。购买食物通常需要排好几个小时的队，最好结伴去买，因为他们不会卖给一个人很多东西。

番茄汁

桦树汁

海带罐头

醋

面包

做菜用的香料

阿尼娅妈妈单位发的东西，一些人道主义援助

香蕉干
（20包）

可可粉
（1罐）

大米
（5包）

火腿
（4罐）

奶酪很难买到，所以塔玛拉奶奶就自己做奶酪。这是制作方法：

先制作酵母液：将200克牛奶和1勺葡萄醋混合，加1克胃蛋白酶（药店有售）。将10升牛奶过滤后加热至30摄氏度，加入酵母液，在温暖处放置30分钟。将牛奶倒入平底锅，文火加热，收集锅壁上的凝固物即可。

▽剪报内容是对苏联解体的报道。

ращение Президента СССР

чем смысл ввода военных
Танки в городе.

КЕННЕБАНКПОРТ [штат Мэн]. Ситуация в Советском Союзе «находится под контролем». Об этом, по словам президента США Дж. Буша, ему сообщил в телефонном разговоре Президент СССР М. С. Горбачев.

1991年年初，100卢布是科学研究院发给塔尼娅的月工资的一半。120卢布就能买到一双款式时髦的靴子。一年之后，货币严重贬值，100卢布只能买到两个白面包。

是的，他们很快就会被驱散。

没错儿，谁也不能让爷爷改变主意！

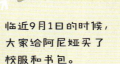

临近9月1日的时候，大家给阿尼娅买了校服和书包。

但是妈妈说，如今不穿校服也是可以的。

妈妈，好了没有？

米佳的徽章
（图案为俄罗斯国旗）

1991年年底，科学研究院就不给我们发工资了。为了养家，我开始做"倒爷"。我去波兰进一些服装，在切尔基佐夫市场卖。一开始，我觉得做买卖很不光彩，毕竟我是一名工程师，是接受过高等教育的专家，但是我没有其他谋生的途径了。

根卡用这样的袋子装货品。

塔尼娅，阿尼娅的妈妈

沙，阿尼娅的
姐

穆雷奇

塔玛拉奶奶

阿尼娅

根卡，阿尼娅的爸爸

2002年6月9日　伊留沙·穆罗姆采夫：

奶奶今天92岁了！准确来说，是高曾祖母，我们叫她露霞奶奶。我们这样称呼她，是因为我以前不会说"玛露霞高曾祖母"，只会含含糊糊地叫"露霞奶奶"。妈妈管露霞奶奶要了通讯录，通过电话和邮件联系了所有人：他们有的在法国，有的在美国，还有的在格鲁吉亚、白俄罗斯，也有人在别兹博日尼克镇和乌里扬诺夫斯克。到时候我们可以见到许多穆罗姆采夫家族的成员。妈妈想把露霞奶奶所有的亲戚和朋友都邀请过来，但没能如愿。露霞奶奶的亲人朋友们有些已经去世了，有些虽然尚在，但因为年纪太大，行动不方便。这么多亲人要过来，我们的一居室可装不下。于是，妈妈决定把庆祝活动安排到咖啡厅。这个咖啡厅不是别的地方，而是爸爸和亲人们以前住的房子。他们以前住在市中心的一套公共住房里。一起住的有爷爷、奶奶、太爷爷、太奶奶，还有爷爷的弟弟大卫爷爷和爸爸的姐妹。后来，大家都搬出去分开住了。这套公寓也被改成了一家名叫"老房子"的咖啡厅。露霞奶奶说，她都认不出自己曾经的家了，所有隔板都不见了，墙壁也重新刷了，只有沙发和以前的一模一样。似乎所有人都对这套房子很熟悉，除了我和奥莉加。让·保罗也来参加生日会了，晚上他睡折叠床。叶尼娅姑奶奶也从美国赶来了。不知为何，我感到有点不自在。这时，他们从厨房送来了插着蜡烛的蛋糕，我们一起唱着生日歌："生日快乐，玛露霞，祝你生日快乐！"

? →

玛露霞的生日蛋糕，蛋糕上插了92根蜡烛

叶尼娅
费佳
玛露霞
列娜

伊留沙
奥莉加
大卫
塔玛拉
谢尔盖
让·保罗
塔尼娅
根卡
阿尼娅
米佳
索尼娅
萨沙

阿尼娅的手机
西门子A35

萨沙的手机
诺基亚3310

伊留沙的玩具

我们是穆罗姆采夫家族的邻居、朋友或同时代的人。请根据页码找到我们。

列夫·奥尔利克
1892—1937
（12, 14, 19）

利亚利亚·奥尔利克
1900—1968
（12, 14, 17, 19, 20, 23）

亚历山大·勃洛克
1880—1921
（15）

马克尔·伊格纳托夫
1862—1941
（7）

伊斯克拉·奥尔利克
1931—2000
（20,23）

伊戈尔·雅罗斯拉夫斯基
1892—1919
（8, 10）

戈尔东
1907—1980
（17, 19, 27, 43）

娜佳·特里福诺娃
1910—1969
（32）

马尔福沙·巴甫洛夫
1887—1938
（7）

奥莉加·佩图霍娃
1897—1972
（16, 18, 19）

伊万·佩图霍夫
1895—1938
（16, 19）

萨沙·格里博夫
1942年出生
（39, 40）

热卡·格里博夫
1945年出生
（33）

穆尔卡
1941—1948
（27）

古利米拉·艾哈迈托娃
1968年出生
（43）

拉维利·艾哈迈托夫
1967年出生
（43）

小雪球
1945—1960
（27）

小家伙
1945—1949
（27）

小毛球
1945—1950
（27）

奥斯特洛夫斯基
1900—1989
（12，14）

舒伊斯卡娅
1860—1941
（17，18，19）

谢尔盖·叶赛宁
1895—1925
（19）

柳芭·沃尔科娃
1906—1990
（9，11）

丽莎·沃尔科娃
1908—1918
（9，11）

约翰·史密斯
1937—2012
（47）

奥列格·休罗夫
1953—1980
（38，41）

玛莎·乌特金娜
1952年出生
（41）

薇拉·阿普谢
1920—1997
（26，31，35，37，43，49）

安东·阿普谢
1920—1998
（26，31，35，43）

瓦利娅·沃隆佐娃
1936年出生
（36）

科斯季克·阿廖欣
1937—2015
（36）

马林娜·切尔诺雏奇
1937—2010
（36）

鲍里亚·阿普谢
1938年出生
（26，31，35，37）

廖尼亚·杰米扬诺夫
1961年出生
（47）

尼基塔·戈卢别夫
1964年出生
（47）

米哈伊尔·戈尔巴乔夫
1931—2022
（46）

后记

　　人们常说，往事如烟。是这样的吗？其实，往事无处不在，它们从未消逝。家中的很多物件都记录着家族的历史。透过一个家族的历史，我们可以看到一个国家的历史。每一个孩子都会提出这样的问题：祖辈是做什么的？父母小时候是如何生活的？老照片上的那些人是谁？这些问题以及问题的答案对他们的成长至关重要。家族往事与个人经历会把孩子们带入一片宽广的天地。我们既是在叙述历史，也是在向孩子们解释我们是什么样的人。在那些特殊的岁月里，人们不得不对家中的一些人和事保持缄默。那个年代的孩子早已长大成人，如今他们遗憾地坦言："没有人和我提起过这些事。"即使是现在，某些往事我们依然难以诉说。当您谈及类似话题的时候，本书也许可以给您一些帮助。

　　本书没有掩饰任何真相。在这一个世纪的时间里，在这套老房子里，在穆罗姆采夫的家中，我们都是备受欢迎的客人。和生活在20世纪的每一个俄罗斯家庭一样，穆罗姆采夫一家的快乐和消沉、希望和失落折射出了整个国家的历史。广播中的歌曲，柜子里的图书和衣物，餐桌上寡淡或丰盛的食物都是见证者，它们比人类更加客观。我们要做的就是倾听它们的诉说。我们对读者没有任何隐瞒，为的就是完成一次穿越时空的旅行，回到过去——我们的故乡在那里。

书中的诗与歌曲：

第 15 页，亚历山大·勃洛克，《十二个》，1918。

第 23 页，《两只雄鹰》，米哈伊尔·伊萨科夫斯基作词，1936。

第 36 页，布拉特·奥库贾瓦，《疯狂而执着》，1946。

第 40 页，约瑟夫·布罗茨基，《斯坦司》，1962。

第 47 页，《百万朵玫瑰》，安德烈·沃兹涅先斯基作词，1981。

第 50 页，《要改变》，维克多·崔作词，1986。

致谢

向国家历史公共图书馆的工作人员 M.O. 菲利波娃、E. 科佩洛娃对图书编写提供的帮助表示感谢。

同时也感谢下列朋友不吝提供资料：

叶卡捷琳娜·米诺娃　　　　　　纳塔利娅·瓦西里科娃

谢尔盖·哈利泽夫　　　　　　　彼得·帕斯捷尔纳克

安德烈·杰斯尼茨基　　　　　　玛林娜·库兹明

感谢 Л.B. 沙普申、E.H. 科罗特卡娅提供的故事片段、照片以及无尽的耐心与支持。

感谢叶卡捷琳娜·斯捷潘年科在图书撰写过程中提供的帮助。

阿尼娅·杰斯尼茨卡娅感谢博客粉丝在她为本书收集素材的过程中提供的宝贵帮助。

图书在版编目（CIP）数据

老房子：俄罗斯的百年历史 / （俄罗斯）亚历山德拉·利特维娜著；（俄罗斯）阿尼娅·杰斯尼茨卡娅绘；叶晓奕译 .-- 上海：上海三联书店，2024.10（2025.4 重印）
ISBN 978-7-5426-8682-4
Ⅰ .1512.85
中国国家版本馆 CIP 数据核字第 2024TE9383 号

История старой квартиры
(The Apartment. A Century of Russian History Alexandra Litvina, with illustrations by Anna Desnitskaya)
© Alexandra Litvina, text, 2016
© Anna Desnitskaya, illustrations, 2016
Original edition first published in the Russian language by LLC Samokat Publishing House, 2017, All rights reserved.
Simplified Chinese edition copyright © 2024 by GINKGO (BEIJING) BOOK CO.,LTD.
本书中文简体版由银杏树下（北京）图书有限责任公司引进
版权登记号：图字 09-2023-0150

老房子：俄罗斯的百年历史

[俄] 亚历山德拉·利特维娜　著
[俄] 阿尼娅·杰斯尼茨卡娅　绘
叶晓奕　译

责任编辑 / 宋寅悦　徐心童　　　　选题策划 / 后浪出版公司
出版统筹 / 吴兴元　　　　　　　　编辑统筹 / 郝明慧
特约编辑 / 刘叶茹　　　　　　　　装帧设计 / 李易
内文制作 / 孟小雨　　　　　　　　责任校对 / 张大伟
责任印制 / 姚军
出版发行 / 上海三联书店
　　（ 200041）中国上海市静安区威海路 755 号 30 楼
邮　箱 / sdxsanlian@sina.com
联系电话 / 编辑部：021-22895517　发行部：021-22895559
印　刷 / 天津裕同印刷有限公司
版　次 / 2024 年 10 月第 1 版　　　印　次 / 2025 年 4 月第 3 次印刷
开　本 / 787mm×1092mm　1/8　　　字　数 / 110 千字
印　张 / 8　　　　　　　　　　　　书　号 / 978-7-5426-8682-4 / I·1909
定　价 / 92.00 元

如发现印装质量问题，影响阅读，请与印刷厂联系：010-84483866

俄罗斯当代知名插画师。"布拉迪斯拉发国际插画双年展金苹果奖"得主。2019年作品入选"博洛尼亚最佳童书奖"。

历史学家，撰写历史书和指南书。同时也是收藏家，参加了许多有关服装历史和日常生活的展出。

阿尼娅·杰斯尼茨卡娅

亚历山德拉·利特维娜

ЗА НАРОДНОЕ СЧАСТЬЕ,

ДЖЕК ЛОНДОН
СИЛА
СИЛЬНЫХ

СССР

СОВЕТО

1948

1 9 4

ФЕВРАЛЬ МАРТ АПРЕЛЬ
ВЦСПС ВЦСПС
7 руб. 7 руб.

ИЮНЬ ИЮЛЬ АВГУСТ

СВИДЕТЕЛЬ
О РОЖДЕН

ДАША

ПИОНЕР НА КОНЬКАХ ПАВЛУШ

Кисловодск 1940.

Пусть дети нарисуют игру в футбол, в лошадки, в крокет, в лапту. Умея уже рисовать, они могут теперь легко освоиться с любой темой. Нарисовать пионера, комсомолку, красноармейца.

нешерское или забыша
едать лялькино письм...
лотской то пиши его
... по почте, ну...
бы она получила его о...
июня. Носки вяжешь...
Кел.

ГОССТРАХ СССР
КОЛЛЕКТИВНОЕ СТРАХОВАНИЕ ЖИЗНИ
УДОСТОВЕРЕНИЕ

Выдано тов. Крофт
Елена Павловна
в том, что он застрахован по коллективу

ГОССТРАХ
КОЛЛЕКТИВНОЕ СТРАХОВАНИЕ ЖИЗНИ

КУЛАК УПОРСТВУЕТ
в сдаче хлебн...
излишков го...

ОН ЧУВСТВУЕТ ПОДДЕРЖКУ СО СТОРОНЫ
оппортунистов, не желающих с ним ссориться

Начать действовать!

Угрюмовский сельсовет вся-
чески уклоняется от прове-
дения в жизнь директивы
правительства о доведении
твердых заданий по хлебо-
заготовкам до кулацко-зажи-
точного двора.

Несмотря на ряд катего-
рических предписаний РИКа...

ИРИСОВ — священ...
... с.-х. налог в и...
льном порядке 155...
имеет корову, овцу...
чел., землю-усадьбу...
луга 1 га.

ТОЛОКОННИКОВ...
... фабриканта, б...
х. налог платит на...
норме — 26 р. 74...
... 4,53 га, ло...
ву.

ПОСТАНОВЛЕНИЕ
... Совета школы № 435
... успеваемости и поведении
... класса Казин Светлана
(фамилия, и. о.)
... итогам за 1948/49 уч. год
переводится в 6 класс.

Директор школы
(подпись)
М.П.
Секретарь педагогического
совета школы
(подпись)

ПРОСЬБА К РОДИТЕЛЯМ:

1. Еженедельно (по субботам) требовать
щегося табель и внимательно просматр...
нем отметки учителей и классного руковод...

2. При неудовлетворительных оценках — по...
школу и переговорить с учителем.

3. По вопросам успеваемости и поведения
обращаться к классному руководителю
са т. Пазикову или к дире...
школы тов. Некрасовой

4. Подписывать табель в установленном месте
допуская никаких других надписей.

Читали:
(личная подпись родителей)

Телефон   { Служебный № Г-1-41-29
родителей { Домашний №

Адрес   Госпитальный вал дом
родителей кор 10 кв 311

1905
liches Neues Jah...